I0683574

ANGÈLO,

POÈME PROVENÇAL,

PRÉCÉDÉ D'UNE

NOTICE SUR L'OUVROIR DE LA BIENFAISANCE

D'AVIGNON,

PAR AUGUSTIN BOUDIN;

DÉDIÉ

A M. L'ABBÉ CARBONEL,

Curé de St-Pierre.

Se vend au profit de l'Ouvroir de la Bienfaisance.

PRIX : 50 CENT.

AVIGNON,

TYPOGRAPHIE DE BONNET FILS.

ANGÈLO,

POÈME PROVENÇAL,

PRÉCÉDÉ D'UNE

NOTICE SUR L'OUVROIR DE LA BIENFAISANCE

D'AVIGNON,

PAR AUGUSTIN BOUDIN;

DÉDIÉ

A M. L'ABBÉ CARBONEL,

Curé de St-Pierre.

Se vend au profit de l'Ouvroir de la Bienfaisance.

PRIX : 50 CENT.

AVIGNON,

TYPOGRAPHIE ET LITHOGRAPHIE DE BONNET FILS.

1856

39063

NOTICE

SUR

L'OUVROIR DE LA BIENFAISANCE

D'AVIGNON.

Rien n'est plus beau à observer dans la société chrétienne, que le mouvement de la charité : cette envoyée du ciel revêt mille formes diverses pour renouer sans cesse la chaîne des communs besoins qui lient les hommes entre eux ; se faisant tour-à-tour, mère, épouse ou enfant, elle a sa place partout où un cœur a cessé de battre, partout où une main vient à manquer.

Parmi les innombrables établissements fondés par la charité, l'un des plus utiles assurément, est l'Ouvroir, où la jeune fille pauvre est initiée à tous les ouvrages d'aiguille et puise de bonne heure l'amour de l'ordre et du travail. Les premiers ateliers de ce genre furent institués au XVIIe siècle, par les Sœurs de St-Vincent-de-Paul et par les Dames de

St-Charles, dans les diocèses de Lyon et de Bellay; ils se propagèrent bientôt dans toute la France : on en compte aujourd'hui environ quarante à Paris ; Lyon en possède aussi un grand nombre. Disons d'abord quelques mots de l'Ouvroir St-Louis établi dans cette dernière ville : on y reçoit les jeunes filles à l'âge de 8 ans; elles y restent cinq ans; celles de la classe aisée y sont admises comme celles de la classe pauvre ; mais à des conditions différentes comme on va le voir : leur tâche consiste à confectionner de la lingerie et toute espèce de vêtements, soit pour les maisons de charité soit pour la ville. Les petites ouvrières ne gagnent rien pendant les deux premières années; ce qu'elles gagnent les trois dernières, est placé à intérêt ; mais elles ne le touchent qu'à leur sortie, à la fin des cinq ans; celles qui abandonnent l'Ouvroir avant ce terme, perdent leurs droits au pécule amassé, lequel peut varier de 300 à 500 fr., selon le plus ou moins d'habileté des ouvrières. Ces chiffres assez élevés ne surprendront pas, quand on saura que les élèves de la classe aisée n'étant pas rétribuées, travaillent au profit des élèves pauvres ; par cette heureuse combinaison, l'œuvre se féconde en quelque sorte elle-même, pour multiplier ses bienfaits. Les exercices de lecture ou d'écriture, l'instruction religieuse, le chant des cantiques, se mêlent ou alternent avec le travail pour l'ennoblir et le rendre plus attrayant.

La communauté des dames de St-Charles fait l'avance du loyer et des fournitures et se rembourse sur les produits; l'administration se compose d'un secrétaire et d'un trésorier choisis par elle.

C'est à peu près sur les mêmes bases qu'un Ouvroir a été établi à Avignon le 5 novembre de 1851, dans un local dépendant du Bureau de Bienfaisance ; il a commencé avec neuf élèves, sous la direction de la Sœur de St-Charles, Madame Ste-Sophronie, qui nous est venue de Lyon avec toutes les traditions de ces établissements et avec le zèle intelligent qui caractérise son ordre. Le nombre des ouvrières s'est accru rapidement : l'on en compte 35 aujourd'hui ; avec une petite augmentation de ressources, on pourrait en recevoir dix de plus ; les jeunes filles n'y sont admises qu'après leur première communion. A notre Ouvroir comme à celui de Lyon, les classes de lecture et d'écriture, les entretiens religieux et le chant alternent avec celles du travail ; comme à Lyon, les mêmes bancs reçoivent les jeunes filles de condition différente ; l'apprentissage est fixé à trois ans ; les plus méritantes de celles qui l'auront terminé, auront droit à une petite part des bénéfices de l'atelier ; dès à présent les plus indigentes ont l'avantage d'y recevoir un repas par jour, durant toute la saison rigoureuse.

Entrées au travail à 7 heures du matin, elles retournent dans leurs familles, en été, à 7 heures du soir, et en hiver, à la tombée de la nuit.

Il serait inutile d'ajouter nos éloges à cet aperçu de l'organisation de l'Ouvroir de la Bienfaisance ; il aura suffi de la faire connaître, pour que les sympathies universelles soient acquises à cette œuvre naissante dont l'objet principal, comme on le voit, est de recueillir les jeunes filles du milieu des mille dangers qui les assaillent dans leur désœuvrement et leur misère, et de leur donner un état. Les élèves de la Sœur Ste-Sophronie se font déjà remarquer dans les paroisses par leur tenue et leur modestie ; nul doute qu'elles n'acquièrent bientôt le renom d'excellentes ouvrières capables d'exécuter les commandes de la Ville les plus délicates. C'est en leur procurant de l'ouvrage , que les personnes amies de leur pays et des bonnes mœurs contribueront à soutenir et à développer cette pieuse fondation. **MM.** les Administrateurs du Bureau de Bienfaisance et quelques ames charitables lui ont déjà donné leur concours , en lui fournissant le local et le matériel nécessaire.

ANGÈLO.

POÈME PROVENÇAL.

Et sicut qui thesaurizat, ita et qu
honorificat matrem suam.
Ecclesiastici. ch. 3. V. 5.

Aquéo que hounoro sa maire, es
coume un home qu'acampo un trésor.
Paraulo de la Biblo.

Dessus 'la plaço d'où Corp-San ,
Y'a'n poulit houstalé qu'espincho lou couchan ,
Vount'una santo Vierjo esvalido et néblado ,
Fai bono gardo à la façado ,
Déspièi quatre cents an. (1)

(1) Depuis un temps immémorial, la procession des Rogations a coutume de s'arrêter devant cette maisonnette et d'y chanter le *Salve regina.* La vieille Madone qui en décore la façade fut l'objet d'une attention particulière de la part de M. l'abbé Bock, savant archéologue de Cologne, à son passage à Avignon , il y a deux ans. On y lit au bas l'inscription suivante en caractères gothiques : *Et filiæ Tyri in muneribus vultum tuum deprecabuntur , omnes divites plebis.*   P. XLIV, v. 13.

Doùphino et Francïoun aqui s'engénestèron ;
        Novi galoï , aqui faguèron
Soun nis , que béniguè lou préo de San-Didié.
S'endévénien tan bèn , que dédin lou quartié ,
En touti fasien gau : Francé , bon travayaire ,
Escultavo fauteui , bufé , chaise-à-pourtaire ,
Doùphino èro bèn d'ordre , avié tout plén de biai :
Broudavo de jabò per li gèn doù palai.
Lou minagé èro dru ; per mai de bénhuranço ,
        Per apoundre à soun amistanço ,
        Ye 'spéliguè un pouli piéotoun :
Per Doùphino et Francé randez-vous de poutoun !
La chatouno , en naissén , yé souriguè tan bèlo ,
Que touti dous où co yé diguèron Angèlo ;
Mai rèn duro eiça-bas : désénémi doù bèn ,
        La malhérouso envéjo
        Toujou councho et mourdéjo
        Ce qu'es bèo et lusèn ;
Abourdé Francïoun dins aquélo estiquanço ;
Yé boufè dédin l'amo , un'afrouso doutanço
        Su sa bravo mouyé ;
L'home , din lou semblan , faguè fu doù courrié
        Qu'ennégrissié Doùphino ;
Mai din lou foun doù cor , yé démourè'n'espino
        Que toustèm yé couïsié.
        Adiéo l'accord et la fisanço ,
        Adiéo li bèlis espéranço ,
Li parlamen tan long mescla de dous co d'yeu :
Tout acò s'esvertè davan soun pan mau quieu.
Per coumble de malhur , arribè lou choumage ,
Que goùsiguè de foun li yame doù mayage :

Francé s'alandriguè ; trévè 'n cacaraca
Que lou butè que mai où camin doù péca ;
Finalamén , un jour , désartén la boutico ,
Senso se révira , partè per l'Américo.
Doùphino , quand aprén quu malhur es lou siéo ,
      Plouro et se déspoutènto ;
      La résoun perd l'empènto ;
      Sa vido tèn que per un fiéo ;
Mai lou risé d'Anjoun que rétraí à soun paire ,
      Y'ajudo bèn , pécaire !
A se soumetre anfin ei voulé doù bon Diéo.
Per abari soun frui , fai de longo véyado ;
La prim'aubo , souvèn , la saludo où travaí ;
Que y'a d'an adéja que Francé la leissado !
Angèlo qu'es grandeto et sajo encaro mai ,
A San-Didié fara sa pus bèlo journado ,
      Quand flourira lou més de mai.
Préparado coum'es , que fai gau Anjouneto !
A soun biai enfantin s'apoun un er de sén :
Doùphino bayayé sa croux à la Janeto ,
Per que soun Francïoun la véguesse un moumén.
N'oura pas'quéo plési ; quau sau se viéo encaro !
N'a pas 'scrit , et pas rés despièi a vi sa caro.
De sa fémo es pamén toujou lou bon parla :
« Ah ! d'home coume acò , ségur n'y avié pas gaire ! »
      Mai que d'un cire a fa brula
      Per éo , davan la Bòno Maire.
L'hiver s'es énana : ribéjen lou grand jour ,
Vount , où mitan di lum , di cantico et di flour ,
Per la proumièro fés , oh ! quu bel espéctacle !
Jouino chato et garçoun veiran doù tabernacle ,

Per si cor tréfouli, sourti Noste Signour.
Aro, per s'acampa raúbo, voile et courouno,
    Ah ! que foura passa de nieu !
Doùphino a trop de cor per ana courre ei douno :
    Amo mai se brula lis yeu.
    Amé grand péno s'es soubrado
    Per habïa soun bel enfan ;
    Tan bèn la paure es désanado
    De la fatigo et de la fam.
Ah ! pourra pas ségui sa jouino coumunianto ;
La sousta trémoulento à la taulado santo
    Amé l'afla de si co d'yeu :
    Una fébrasso l'a blésido,
    Et lou pus bèo jour de sa vido,
    Aro s'es fa la négro nieu.
Per t'énana, yé fai, qué ! ma bèlo Anjouneto !
    A San-Didié, touto souleto !
    Bélèo lou cor te mancara ;
    Afourti-té, pauro ourphelino !
    S'à toun cousta n'as pas Doùphino,
    L'ange gardien te soustara.
    Sa maire, alor, la poutounéjo,
    L'amiro un pòou et la béni.
    Angèlo, en s'énanén gounfléjo,
    Senso pousqué se réténi.
    Pas pus lèo a fa soun intrado,
    Pâlo et doulènto, où sant houstau,
    Que sœur Agnés s'es avançado,
    Et de sa bouco d'inspirado
    S'escampo un baume su si mau.
La messo se di lèo, et la troupo choùsido,

Abrasado , s'avanço où banqué de la vido,
    Coume un niéo blanc d'azur ,
    Qu'un doux ventoulé bresso ,
    Qu'un bèo souléo travesso
    De si rai li pus pur.
Après lou san répas, li bèli vierjouneto,
Quitén soun voilo blanc, sa courouno blanqueto ,
    S'esparpiyoun tout à l'entour,
  Et coume de couloumbo avéosado d'aleto,
  Rétournon à si nis , vestido doù Signour !
Dédins un vira d'yeu , Angèlo s'es gandido
    Près de sa maire, à soun houstau ;
Se pendoulo à soun còou ; dïa 'na flour spandido ,
    Sus una feuyo enrouvélido ;
    Que vai empourta lou mistrau.
Mai , de que vèn d'oùsi la chato de Doùphino ?
Jaspinon d'espitau , aqui , quauqui vésino ,
Per la pauro malauto : Es à foun de pata. —
— N'a plus que doua camiso. — A rèn per s'acata. —
Eh ! bèn, y'anara pas ! fai Angèlo esmougudo.
    Y'anara pas ? vè , la lengudo !
    Crido una fémo , ounté prendra ?
Din lou trésor que rés jamai agoutara !
    Ajuda-vous , Diéo vous ajudo ,
    Yé respond, et s'envai.
  Èro lou proumié diménche de mai :
    Lou jour di pichoti capèlo
    Que vous fan atrouva tan bèlo ,
    D'enfan que de ségur soun bèo ,
    Qu'au risé doux et front de nèo.

Anjoun s'enfantouni : pauso su 'na tauleto,
De gi 'na blanco vierjouneto,
Dins una garbeto de flour ;
De perlo fino avié dous tour ;
Li passo où côou la Madouno ;
Yé fai présèn de sa courouno ;
Pièi se bouto à ginoun, et la prègo am'ardour.
Mai la fémo qu'adès y'a di soun avéjaire,
L'a tengudo damèn. « Faras pas lou Pérou,
Amé ta Santo Vierjo et ti signe de crou,
Yé crido, fayés miéo per lou bèn de ta maire,
De cerca dous pourtaire, »
Angèlo muto pas : n'en vòou veire lou bout.
Quand a fa sa prièro,
L'escudèlo à la man, es aquit à l'espèro
Et dis anan et di vénèn ; .
Ame graci s'avanço ;
Yé fai la révéranço,
Et yé demando : « Quaucourèn per la capèlo
Qu'es tan bèlo ! »
Capito de gros gèn : quauqui noblis archié,
Un conse, una duchesso et le père Couchié. (1)
A toun age, yé fan, estre tan jougarèlo
Que porjés l'escudèlo ?
La vergougno, subran, y'enroséli lou front ;
Souspiro et d'aise yé respond :

(1) L'un des derniers religieux du riche couvent des Célestins, très-populaire au quartier des Corps-Saints : Avignon lui doit certain élixir stomachique connu sous le nom de *Liquour doû père Couchié.*

Yéo quiste per ma maire
   Qu'es malauto, péchaire!
Li passan soun touca, drè qu'oùsisson acò;
Et din la man d'Anjoun mouson soun boursicò.
Mai, quau vése véni, que fai lou paro-garo,
Me soun habi de sédo et l'espazo où cousta?
   Anén, bravo pichoto, aparo!
   Aquéo d'aqui fòou l'aganta.
   Élo yé court, ye fai sa quisto:
     En trè que l'a visto,
« Grandeto coume siés, tu quistés de pata?
Yé fai noste marquis, qué vèn de s'aplanta.
Angèlo y respond, lou rouge su li gauto:
   Es per ma maire qu'es malauto.
   — Soun noum?. — Doùphino..... yeò, Angèlo.
— Toun paire! — Francïoun; n'avén gis de nouvèlo
   Despiéi dex an! — coumé?
Vous a leissa! — que trop, et per un co de testo.
     — Di mé!
   Ta maire lou détesto?
     Lou moùdi?
   — Oh! noun: toujou me di,
   Quand siéo davan la Bono Maire:
Angèlo, moun enfan, oùblidés pas toun paire!
Aquéo pater, ségur, lou dise de bon cor.
Ma maire crèi qu'un jour vendra mai, s'ès pas mort.
Francïoun, que me di, amavo tan sa chato!
Francïoun révendra, n'aguesse qu'una pato,
   Et per vouga', rèn qu'un barqué.
Lou marquis esmougu tiro doù boursiqué,

Un pouli louvi-d'or que trai din l'escudèlo,
En cissuguén si doua parpèlo
De rescoundoun, et zòou s'encour.
La chato crei qu'a fa 'n' errour :
Moussu, vous sia troumpa ! tout an un tèm yé crido.
Noun, noun, éo yé respond. La quistuso es ravido !
A fa quatorze escu ! y'a per apatouï
Sa maire, et la servi.
Subran la bravo Angèlo
Court pourta l'escudèlo
A sa malauto, et fai dindin :
Aquéo bèo son l'escarabïo ;
N'en cridon glori à Marïo !
Qu'a fa que restarén dédin.
Ya de viando et de soûmoulo ;
Ya bon fiò dessouto l'oulo,
Davan li gros toupin et li coucarélé ;
Angèlo richounéjo ;
Tout à l'entour se cascayéjo,
Et la malauto a 'n pòou lou lé.
La fébrasso a cala : dourmira miéo la pauro,
Aquesta nieu, vaqui que lou souléo s'envai.
Lou yé de Doûphino se dauro
Où darrié de si rai.
Lou médécin vendra toutaro.
Chut ! ya quauquun din l'escayé !
Garo-te de la porto, garo !
Di la malauto, drèvo yé !
Zòou ya durbi ; quau se dévino ?
Es lou moussu doù louvi-d'or !

Crido l'enfan , de tout soun cor.

Francé ! crido à soun tour , Doûphino ,
Ajuda-mé , moun Diéo ! ravasséje bélèo.

Es yéo ! et d'un boun éo s'atrovo
Où fin foun de l'arcovo !

Aqui , ya de poutoun et de mot pa 'caba ,
De souspir amourous doù cor mau derraba ,
De lagrémo de joyo où mitan di parpèlo ;

Quito sa fémo , embrasso Angèlo ;

Tourno à Doûphino amé transpor ,
Pièi touti douas ensèn li sarro su soun cor.
Pardouna-me , yé fai , una tan longo absènço !
Avè proun rébouli ; yéo ai pati tan bèn ;

N'ai assoula ma conscienço

Qu'en espérén qu'un jour vous fayéo forço bèn.
Francé , din l'Américo , avié fa grand prouado :
Soun rétour à l'houstau bandi la carestié ,

Li pénasso et la malautié :

La bénhuranco es arribado !

Doûphino et soun Angèlo aro soun din lou grand :
Si raubo fan frou-frou ; an de pouli riban.
De fardaire yé fan : sourtè de voste caire !
Mai Doûphino et Francé quiton pas lou Corp-San :
Gardon soun houstalé , vcount es la Bono Maire !

Que lou minage marchè miéo ,

Co restara pas 'dire :

Fasièn que festéjà , se coucoula , que rire ;
Mai en gardén toujou la pourtioun doù bon Dièo.

Quand Francïoun , causo fort raro ,

Fasén un pòou soun paro-garo ,

Ménacéjavo sa mouyé
De tournamai fugi soun yé ;
Subran, vésia la bravo Angèlo ,
Entremitan 'me l'escudèlo,
Qu'enlusissié 'n bèo louvi-d'or ,
Yé dire : quaucouren , papa , per la capèlo
Qu'es tan bèle !
Rèn qu'aquéo mot pia'ous li rémélié d'accord !